悠　　音

柚木伽耶
Kaya Yuki

西田書店

悠音

浅葱

夜《よ》
春雨《しゅんう》止み
濡る家　積りし雪
闇冴え
外灯
澄みて光りり

広々広々と畑《はた》の雪
融け初みゆるる　地見ゆ
彼方切株一株《いっし》
裸木一本出づりりり
廻る家　小屋濡る黒く
雪まじりゐいし雨
しょうしょうと　しょうしょうと
しょうしょうと　しょうしょうと
しょうじょうと　しょうじょうと
しょうじょうと　しょうじょうと
降りつぎゐりりり
降りつぎゐりりり
降りつぎゐりりり
降りつぎゐりりり

伸び初みし水仙
淡雪ずむり埋むる如蒙《こうむ》り
懸命突く抜く出づむるる如
伸び初みゐりり

寿福寺の総門の石
小さき坂を踏み
通用門を入り
中央の桂敷《しきいし》の両側のやや盛りし植込み
高きなき梅　まばらにありて
白く小さき花《か》
木々を背にちらほら咲き初みゐりりり

寿福寺——鎌倉

矢つぎ早
淡雪の路面に降りて
消えゆけり

剪定を終えし梯子
そっとそのまま掛かりける
しばし
いとも長き間
庭森閑と
秘そ占有《しめ》りり

しばし―そのまま

束の間の雨止み
庭の檜葉《ひば》の木
何や鳥数羽来たりて
つと激《せ》しく鳴き騒ぎたて始めむ
晴る
透く
淡青《あお》き
朝

長木川静き面《も》
二線《すじ》長き水引き真鴨二羽
後追い急《せ》しく水かき
遅々遅々遡《のぼ》りりりりゐり

長木川――秋田県大館市市中を流る河川

夕照　廊下朱赤《あか》く燃ゆ
外明かく
夕初みぬ安堵の時
閑かな閑かな安らぎ
廊下満ち満ちゐいぬ

舗道沿い
二分咲きタンポポ一輪
些　傾《かし》き
過ぐ我じっと見つめおりけり

隣家の庭
午《ひる》
静かなり

梅の木　梨の木　ぐみの木　櫨《ハゼ》
静まりて

只
静かなり
静かなり
静かなり

在りり
在りり

在りり

默し
静かなり
静かなり
静かなり
静かなり
静かなり
静かなり

櫨—庭に植える落葉小高木。ウルシに似て葉は小形。秋葉が赤くなる。実から蠟を取る。ハゼノキ。

草取り　黒き土
小雨濡れゆけり
昏れ初みり
かそか屋根の音《ね》

帰途
淡橙《あわ》き街路照明《がいしょう》灯
杳々《ようよう》
坂の舗道
小雨つたい瀝《した》りり流れゐり

杳々―ぼんやりした様子

瀬

葉を刈って最後に枝を払いけり

両側の木々の葉伸ぶ草生《お》ゆ裏の径《みち》
さやさやと　気過ぐ　陽透く　陽木濡《も》る
淡き影
緑陰の径《みち》過ぎり

綴なりの実膨らみし庭先梅
今　地着くる如しのぎりぬ

若竹の若き葉萌え出づりりの
風柔《な》ややかなそちこちしのぎゐりけりの
激《せ》しく
高き
淡青《あお》き空
細《ささ》やかな細やかな
細やかな細やかな

路に傾《かし》ぐ　百合引き起こされ
枝に引かる緩き輪に
かぎ引かりりりりりりりりり
ひっそり路

奥まりし通路
続きぬ両側の家《や》
閑まり返り住宅地
午《ひる》
家《や》の前の淡橙《あか》きつづじ数輪散り溢りりりりゐり

雨上がる
雫のふるる梅の葉の
都度揺るる下葉
そちこち音《ね》ふるる如

音ふるる——音触るる

幼き我は水着まま
遠き路《みち》をゆきにけり
両側長き松林
抜けて海へ出づりりり
車過ぎる路もなく
長《とお》き浜辺の
黒き砂の遠浅の
波跡幾重《え》残りゐて
黒き小さき何や魚《うお》
潮引く時に走れりを
澄む水に映りゐぬ
彼方入江のビルもなく

只穏やかき海なりき

只穏やかき海なりき
故今《いにしえ》無き海なりき
故今無き海なりき

砂浜に打ち上げられし小さき木造廃船《はいせん》一艘
砂白く
海青く
空淡《あわ》雲く
午《ひる》
誰も居ぬ
やや物憂げな

彼方向き
佇めり
彼方向き
佇めり

遥か彼方
永遠《とわ》に

碧き沖
白波の一面
飽くことなきに
立ち消えり

海近き小さき旅館《ホテル》の二階
夜《よ》
木の桟の窓
海暗く
小さき部屋の電灯の元
他に客もないらし

一人思い浸りり
一人思い浸りり

寄せ返す
波の音《おと》
寄せ返す
波の音

故郷《ふるさと》の海安らぎり
故郷の海安らぎり
故郷の海穏やかなり
穏やかなり

汝《な》はそ　美しかりけるや
　美しかりけるや
卓上の小さき瓶の小さき紫陽花
淡き緑《あお》　白小さき花の寄りゐいて
透きしよなその光《ひ》包まれゐし
蒼き葉透きし瓶透きし花
その光包みゐし卓上の
汝はそ　美しかりけるや
　美しかりけるや

生垣満天星《どうだん》頂《うえ》
蔓山芋《いも》の伝い這い伸びて
そちこち頻《しきり》、気儘
栄んに繁り
入り込み戦《いさか》い
小盛り盛り上げ占有す

開通せり夜の車道
人影なく只広き
車線のみ
黄《き》橙の街路照明《がいしょう》灯に
白く遠く
引かりりりゐり

爽か

雲厚く
白く灰《あわ》く
暮れ初みり
裸身の枝の静かなり

朝未だ来
目覚むれば初秋
雨濡めやかに
音せせりけり

奥路地の
隣家の萩
垣より
数本降りゐて
一枝《し》
するり上よりよく伸び
地着くる如枝垂《しだ》りりぬ
白き小さき蕾《か》
七部八《や》部藤紅《あか》き花数輪
降りりりり　静まりり
木々の葉
著莪《シャガ》の葉

著莪―属名アイリス、アヤメ科常緑葉、高さ30～60㎝5
月頃5㎝程の白地に淡紫色斑入りの花をつける

雨後の藍碧《せい》山
薄雲立ち昇りゐて
暮れゆけり
空
山
藍碧《みどり》
薄雲緩やかな次々涌きたち
広まり昇りゆきけり
白雲淡く高く
昇りつ続けり
黒碧《くら》き空

角助沼《かくすけぬま》の蓮の葉も枯れ初みぬ
沼の辺《ほとり》の木々の葉色染みはじみぬ
水面《みなも》にも秋の気配の忍びよるらむ

角助沼―秋田県森岳。かつてじゅんさいを採取した沼
じゅんさい―スイレン科多年生水草。透明な寒天質に包まれた若芽を食用にする。

小雨《あめ》の日
裏通り
静かな家々
午《ひる》
坂
ゆるやかな風
薄雲駆け蔽《おお》う
家々高き街

俄《にわか》　雲おおいらし
障子閉めし部屋
急《さ》　暗くなりゆきて
突　雨落つ
激《せ》しく屋根打てり
つかの間止めり
又　空晴れゆきりらしからむや
部屋明かくなりゆきて
障子朱《あか》く燃ゆ
初秋夕初み潜み越しらしからむや

枝垂《しだ》りりり乱れ咲く
枝垂りりり降り溢るる萩の花
地隠る如　万面降り溢り重ぬり

秋の日や夕初《さ》みて
池の岩《や》に淡き陽射させり
淡き陽淡き陽射せり
淡き陽淡き陽射せり
淡き陽淡き陽射せり
梅もどき赤き実蒼き葉山茱萸《さんしゅゆ》
淡き陽淡き陽射せり
淡き陽淡き陽射せり

閑かな閑かな陽なり
閑かな閑かな陽なり
閑かな閑かな陽なり
沈みゐし消ゆゆきしよな
季逝きゐいしよな過ぎゆきしよな

閑かな閑かな陽なり
閑かな閑かな陽なり
淡き淡き閑かな閑かな陽なり
陽なり

山茱萸―落葉小高木。早春、葉が出る前に枝元に多くの黄色い花をつけ秋に赤い実をける。

夕照に
細き坂垣
萩の枝映りゐぬ
さや風都度
影頻《しきり》かげろひ揺るりぬ

大雨後《うご》の河川《かわ》
雄々滔々雄《た》けき激《せ》しく
押し疾《はし》り過ぎゆきり

背高きコスモス
花一輪
あわしく優しく
強風に揺らぎ
左右に傾《かし》ぎ
か細く
心許《もと》なき

疲れゐて畳臥《ふ》す
ひととき
寒さ帯び
冷ややかさ憶《おぼ》ゆ
澄みゆけり
祭太鼓の練習の音《ね》
聞こゆ

夕暮るる遠き河瀬の鷺一羽
片足にて
背を向け
彼方見
しばし佇みゐりけり

雑草の伸びし閉めし店舗前
傾き始む陽
淡き陽
雀一羽何や急しくつばみけり

菊折りて插したるゆびに香の残り

街路の欅《けやき》並木
赤く染みしもの
黄色く染むもの
未だ蒼きもの
りゅうりゅう
枯葉散り舞う
錦秋の並樹《き》抜けり

黄昏の暮れゆけり
一人間《ま》に

深く深く呼吸し深く深く呼吸し
呼吸し呼吸し
呼吸し

空間《ま》に一人
ゆるやかなゆるやかな
鎮みゆけり
ゆるやかなゆるやかな
沈みゆけり

思い満ち

胸満ち
静かな静かな
暮れゆけり
空間《ま》に我一人思い満ち淵《ふか》みり

ささやかな庭にも嬉し小春日は

幼き日
庭
暮れゆけり

小さき菊　黄《き》橙《あか》
そちこち開きゐて
香《か》満ち
漂い

暮れゆけり
昏き帯び
黄橙　些明かく
香満ち
幼き日

一人

遠き遠き
遠き遠き

夕暮るる夕焼けの背の窓ガラス
真赤《あか》く沈みゆきし陽
暗く染むる空
ビル惛《くら》きに蔽われ
昏《くら》き雲空を覆い響く如
雲間に紅《あか》き空見ゆ
暖《ぬくも》り残し黄昏の安堵の時
絶え間なきK310（300d）《ピアノソナタ》流れ響き続きり

K310－ケッヘル番号「ケッヘルの『モーツァルト全作品年代順主題目録』」初版番号（300d）―改訂第6番の異同番号作品

帰りきて
戸の取手ふれ安堵せり
背に深き秋の気配
久方の暖かき夜《よ》

水溜

朽ちし枯葉重なり沈みゐぬ
水透明にして
小さく紅《あか》き草の実一つ浮きゐてり
彼方暮れなずみゆきし
藍《あお》黒き空
闇ぬ庭
晩秋暮りぬ

冬青

夜半時雨止み
住宅地冷えゆけり
蛍光灯の外灯数本
冷ややかに照りゐり

冬ざれの寥々と寥々と庭
松　黄楊《つげ》整えられしも枯るる芝枯葉数枚
葉皆枯れし細きつづじ数本
花のみ一、二輪さや淡橙《あか》く残りゐりけり

黄楊──常緑低～高木。植栽に用いられる

鷺一羽
汝《な》は
そ　季節はづれの寒さ向こう折
川下《しも》の
昨日橋の上《かみ》
今日下流
背を向け痩せ
暮れゆきし瀬
秘そ
佇みゐりけりや
佇みゐりけりや

月光に河川面《かわも》波立ち細めき
揺るたたふ如
ゆるやかな
照り流れゐりけり

ヒポクラテスの木
冬
小さきまろき枯るる実
枝ばかりの細き枝
高きに
処々
吊りりれりゐり

来し方を
顧み　静か
冬の旅

些　離れし丸く刈られ向えの黄楊《つげ》
粉雪頻《しきり》降りゐりしけりの
上濃く漸々淡く染みゆきりゐりしけりの
寒厳いたく碧《あお》く碧く碧く艶碧《あお》き

連山に雪降りて
麓広まりり
稲根出づりり白き田
遠々と続きゐりけり

雪原を
疾けぬく狐
懸命

林消ゆ

一瞬霰　撥ね飛び交い
急《さ》　小雪《ゆき》降り荒れ吹き
狂い乱れ舞い
しばし
繰り返さりり

夕照庭映ゆ　朱赤《あか》く映ゆ
雪映ゆ
緩かな雪面《も》
木々翳《かげ》秘み
彼方淡雪七色に
糸如引きゆるやかな
淡碧《あお》き空
透き粲きりりりりり
　粲きりりりりり
　粲きりりりりり
　粲きりりりりり

雪田《た》に雀
十数羽舞い降りて
束の間
いっせいに飛び立ち
力限り空に向かい舞い揚がり昂《あが》り続けり

豆撒きの　裃《かみしも》姿店舗《と》から店舗《と》へ
ゆるやかに街過ぎり

あとがき

故《いにしえ》　今綴れば大和し美《うるわ》し
彼方　音《ね》聞こゆ
若い方に受け継げられている日本的情趣を倖せに憶います

秋の夜は、はるかの彼方に、
小石ばかりの、河原があって、
それに陽は、さらさらと
さらさらと射してゐるのでありました。
中原中也―一つのメルヘンより

著者紹介

柚木果耶（ゆき・かや）

1944 年生まれ。
秋田県大館市在住。
40 歳迄茫々と経、薦められ
地元の俳句の会に入り難しく 1 年で
止め、後先生にほめられたのを間接
的に聞き舞い上がり、詩如きを書き、
小さき小さき人間のいつとはなきに
願いを得ました。

悠音（ゆういん）

2019 年 9 月 20 日初版第 1 刷発行

著者――――――――柚《ゆ》木《き》伽《か》耶《や》
発行者―――――――日高徳迪
装丁――――――――臼井新太郎装釘室
印刷――――――――倉敷印刷株式会社
製本――――――――有限会社高地製本所

発行所―――――――株式会社西田書店
〒101-0051　東京都千代田区神田神保町 2-34
Tel 03-3261-4509　Fax 03-3262-4643
http://www.nishida-shoten.co.jp

ISBN978-4-88866-634-3 C0092